Na estrada dos sonhos

Luís Pimentel

Na estrada dos sonhos

Ilustrações de Patrícia Melo

© **Editora do Brasil S.A., 2023**
Todos os direitos reservados

Texto © **Luís Pimentel**
Ilustrações © **Patrícia Melo**

Direção-geral: **Paulo Serino de Souza**

Direção editorial: **Felipe Ramos Poletti**
Gerência editorial: **Gilsandro Vieira Sales**
Edição: **Suria Scapin** e **Aline Sá Martins**
Apoio editorial: **Juliana Elpidio** e **Maria Carolina Rodrigues**
Edição de arte: **Daniela Capezzuti**
Design gráfico: **Estúdio Varal Editorial**
Supervisão de revisão: **Elaine Silva**
Revisão: **Alexander Barutti**, **Andréia Andrade** e **Martin Gonçalves**
Supervisão de controle e planejamento editorial: **Roseli Said**

Dados Internacionais de Catalogação na Publicação (CIP)
(Câmara Brasileira do Livro, SP, Brasil)

Pimentel, Luís
  Na estrada dos sonhos / Luís Pimentel ; ilustrações de Patrícia Melo. -- São Paulo : Editora do Brasil, 2023. -- (Assunto de família)
  ISBN 978-85-10-08928-9
  1. Família - Literatura infantojuvenil
I. Melo, Patrícia. II. Título. III. Série.

23-157460   CDD-028.5

Índices para catálogo sistemático:
  1. Família : Literatura infantil 028.5
  2. Família : Literatura infantojuvenil 028.5
       Eliane de Freitas Leite - Bibliotecária - CRB 8/8415

1ª edição / 1ª impressão, 2023
Impresso na Pifferprint

Rua Conselheiro Nébias, 887
São Paulo, SP – CEP: 01203-001
Fone: +55 11 3226-0211
www.editoradobrasil.com.br

Aos meninos e meninas do Brasil. Especialmente aqueles e aquelas que só conhecem o Brasil mais duro, mais triste, mais cru, mais desigual.

Peguei a carga de feijão em Irecê, no sertão baiano, para deixar no Rio de Janeiro. Conheci o menino na altura de Milagres, quase na entrada da cidade. Estava acocorado à beira da estrada, ao lado de uma senhora que parecia ser sua avó. Em uma barraquinha improvisada, eles vendiam refresco de umbu na moringa de barro – ideia boa para compensar a falta de gelo sob o sol que fazia nebulosas ondas de calor dançarem no asfalto quente da Rio-Bahia.

Na barraca feita de bambu e forrada de lona, a mulher de cabelos brancos e o menino de pernas finas ofereciam também bolo de fubá, beiju de tapioca e doce de leite.

O garoto era magrinho e tinha os olhos cheios de vivacidade. Segurava uma gaiola de passarinho, com um canário preso.

Parei no acostamento e desci da boleia. Ao lado da barraca havia um banheiro improvisado, um cômodo de adobe, para onde me dirigi.

Ao sair, conferi a pressão dos pneus e pedi um copo de refresco. O menino se aproximou, sempre com a alça da gaiola presa entre os dedos.

Comecei a rir.

– Tá rindo de quê? – perguntou.

– Não larga o passarinho nem para tomar refresco, moleque?

– Não.

– Bonito, ele. Canário-da-terra, não é?

– É. Em casa eu tenho também um coleiro e um cardeal.

– É para vender?

– É.

– Reza para os fiscais não te pegarem. Sabia que é errado aprisionar passarinhos ou qualquer outro ser vivo?

– Sabia.

– É maldade com o bichinho.

Ele não disse nada.

– Você gostaria de viver preso?

– Deus me livre – falou baixinho.

– E por que engaiola os pássaros?

– Porque vendo para quem passa na estrada e ganho um dinheirinho.

– E faz o que com o dinheirinho?

– Ajudo minha avó.

– Ah, tá.

— A vida aqui não é fácil, não senhor.

— Imagino. Mas você sabe que prender passarinho está errado.

Ele se sentou de cócoras e ficou me olhando:

— O senhor vem de longe?

— De Irecê. Sabe onde fica?

— Não. Vai pra longe?

— Rio de Janeiro. Sabe onde fica?

— Sei. Minha tia mora lá.

— Muito bom esse refresco. Essa senhora é sua avó?

— É. Eu que cato os umbus pra ela fazer o refresco.

Ele foi até a barraca e cochichou alguma coisa com a avó, que veio imediatamente falar comigo.

— É verdade, moço? O senhor vai para o Rio?

— Sim, senhora.

— Leva esse menino pra mim?

— Como?!

— Dá uma carona pro meu neto?

— Não posso carregar um menor desacompanhado, dona. Encrenca na certa.

— Eu autorizo.

— Não é assim. Só se a senhora fosse junto.

– Não posso.

– Pois é.

– Tenho uma filha por lá. Gostaria que o menino fosse ficar com ela, pra estudar. É inteligente. Se tiver estudo, vai longe.

– Ele não tem mãe?

– Ela morreu.

– E o pai?

– Só Deus sabe por onde anda. Um sem eira nem beira que ela conheceu aí por essas estradas.

. . .

O menino tinha um olhar que me deixava comovido. Sempre fui meio fraco para essas emoções envolvendo criança, coisa de quem também teve infância difícil.

Disse à senhora que eu levava o neto dela.

– Glória a Jesus. – Ela cerrou as mãos.

Reafirmei que correria o risco, desde que o moleque tivesse algum documento e ela soubesse o endereço da filha.

"E seja o que Deus quiser", pensei.

A mulher exibiu um franco sorriso sem dentes.

Mesmo de longe, o garoto deve ter entendido a conversa, pois sorriu também, enquanto assoprava as penas do canário.

— Deus lhe pague. Vou correndo pegar as trouxas dele e a Certidão de Nascimento – disse a avó.

— E o endereço da tia – lembrei.

Os olhos do menino brilhavam de contentamento.

— Tá sabendo que vai ter que deixar o passarinho aí, junto com os outros, não tá? Não podemos levá-lo.

— Vó cuida – ele disse.

A avó foi em casa num pé e voltou noutro. Entregou ao garoto uma sacolinha de plástico com duas ou três peças de roupas e um par de tênis surrado. Também lhe entregou um pequeno bolo de dinheiro, bem amassado, que ele logo guardou no bolso do calção.

— O senhor pode deixar o menino na rodoviária, que telefono para a tia esperar por vocês lá para levá-lo para casa – ela disse.

Cuidadosa, passou-me também o número do celular da filha, para o caso de haver necessidade.

Despediram-se entre lágrimas, mas eu enxergava ali também a compreensível sensação de alívio.

Bebi mais um copo de refresco e fiz questão de pagar a conta, mesmo ela não querendo aceitar. Dei a mão para ajudar o meu carona a subir na boleia e liguei o motor do caminhão.

. . .

Dei a partida: seja o que Deus quiser.

Ele olhava as pedras e a vegetação que ficavam para trás com um misto de satisfação e pesar.

– Você tem nome? – perguntei.

– Sim. Lito.

– Só?

– Joselito.

– Está bem. O meu é Alexandre. Espero que façamos uma boa viagem.

– Como diz minha avó, "com fé em Deus".

O menino já fazia parte do grupo imenso de brasileiros que aprendem a partir desde pequenos.

. . .

Em Vitória da Conquista, paramos para almoçar. Joselito disse que não queria comer nada, não sentia fome. Timidez, claro. Insisti, ele aceitou e pedi um prato extra para dividirmos a refeição comercial, que era muito bem servida. Pedi um refrigerante, que dava para os dois, e a alegria que ele demonstrava por toda aquela aventura me enchia de satisfação.

– Você é corajoso, Lito. Sua avó também. Não é prudente permitir que uma criança embarque num caminhão em companhia de desconhecidos. Mas, no caso, felizmente, você está em boas mãos.

Ele não disse nada. Apenas me ouviu, atento.

Depois do cafezinho, enquanto eu digeria a comida ao lado do caminhão, o menino ficou dando voltas no estacionamento, assoviando e chutando pedras, em meio aos caminhoneiros que por ali também faziam ponto.

Na volta, comentou:

– Tem feijão, farinha, milho, batata, carne-seca, tem madeira, cimento, tem vaca, cavalo... Caminhão leva de tudo, né?

– Pois é.

– Acho que vou querer dirigir um bichão desses, quando crescer.

Rimos. Dei a mão para ele e nos instalamos de volta na boleia.

Liguei o rádio e começou a tocar uma canção na voz de Luiz Gonzaga. Lito acompanhava a música no assovio.

– Gosta do Gonzagão? – perguntei.

– Gosto muito.

E onde você escutava as músicas dele?

– Vó tem um rádio.

– Que bom.

– Quando você ficar velhinho e não conseguir mais dirigir, eu compro seu caminhão – ele disse.

– Com que dinheiro? Custa muito caro, sabia?

– Com o que eu vou ganhar trabalhando no Rio de Janeiro.

– Ah, que bom. Tomara que os seus sonhos se realizem.

– Antes vou comprar uma casa pra minha avó.

– E não vai estudar?

– Vou também, claro. E vou ser professor, além de motorista de caminhão.

– Combinado – concordei. – Mas, antes de você virar professor e comprar meu caminhão, vou parar naquele posto para usar o banheiro.

– Gente grande faz muito xixi, né? – perguntou.

— Mais do que as crianças.

Quando voltei, ele tinha aberto o porta-luvas, mexido em minhas coisas, e estava com a foto na mão. A foto em que eu segurava um bebê no colo.

Reclamei:

— É feio mexer nos pertences dos outros.

— Desculpe. Esse bebê sou eu?

— Claro que não. Tá maluco? Um filho que tive um dia, mas a mãe sumiu com ele, quando ainda era bem pequeno.

— Que pena. É bonitinho.

— De onde tirou essa ideia maluca de que a criança poderia ser você?

— Não sei. Meu pai sumiu e sumiram com seu filho. Você ficou sem filho, e eu fiquei sem pai...

— Apenas coincidência.

— Mas é engraçado, né?

— É – respondi.

Ele guardou a foto no lugar onde encontrou. Balancei a cabeça e seguimos viagem.

. . .

Já era noitinha quando fiz a terceira parada. Era um posto de gasolina que eu conhecia bem, desses que mantêm o banheiro em estado razoável e servem uma comidinha honesta.

Joselito quis saber onde estávamos.

— Governador Valadares, em Minas Gerais. Já ouviu falar?

— Já. E por que paramos aqui?

— Porque anoiteceu, estou cansado e não gosto de dirigir à noite. Vamos jantar e dormir.

— Jantar? Dessa vez eu pago a conta – disse ele, compenetrado, mexendo no bolo de notas amassadas que havia recebido da avó.

— Paga nada, rapazinho. Guarde seu dinheiro para usar quando tiver uma necessidade. Pode ser útil a você.

– Será que vou precisar?

– Nunca se sabe.

Descemos do caminhão e nos dirigimos ao banheiro.

– Aproveite para fazer tudo o que tiver que ser feito, lave bem as mãos e o rosto. Banho, só no destino final. Certo?

– Certo – ele concordou.

Comemos sanduíches e bebemos suco de laranja, que estava bastante fresco e saboroso. Essa fruta é abundante na região.

Tomei um cafezinho e ele pediu um picolé.

– O que vamos fazer agora? – Lito perguntou.

– Dormir. Amanhã pegamos a estrada bem cedo. Na hora do almoço estaremos chegando ao Rio.

– Oba!

– "Se Deus quiser", como diria sua avó.

– Vai querer! Em que lugar nós vamos dormir? – quis saber.

– No caminhão. Durmo sempre dentro da boleia. Atrás dos dois bancos tem um colchonete e um pequeno espaço, onde me estiro e ronco feito um rei. Tem coberta e lençol, também.

– Eu durmo na carroceria?

– Não. Você que vai dormir no colchonete. Eu me deito nos bancos e durmo ali mesmo.

– Não precisa me oferecer sua cama de rei.

– Precisa. É só uma noite e você é visita.

Paguei a conta e partimos para o dormitório improvisado.

. . .

– Como é a vida ao lado de sua avó? – perguntei, tão logo fomos despertados pelos primeiros raios do sol.

Lito respondeu que gostava muito da velha senhora, com quem vivia desde sempre. E por quem era tratado com muito amor.

– Moram só vocês dois?

– Sim. Vó é viúva e eu não conheci meu vô. Ela teve duas filhas, minha mãe e minha tia.

– Você tem lembranças de sua mãe?

– Tenho. Eu já tinha sete anos quando ela morreu.

– E agora, você tem quantos?

– Dez.

Parecia menos. Além de magrinho, era pequeno. Seguramente desnutrido.

Lito começou a assoviar. Bom perceber que o assunto não o entristecia. Voltei ao tema:

– E seu pai, você conhece?

– Não. Nunca vi. Mas sei que ele se chama Pedro, é caminhoneiro e foi embora para São Paulo.

– Sei. Por isso que você quer ser caminhoneiro, por causa do seu pai?

– É.

– Mas acho que você deveria dar prioridade às aulas.

– Por quê?

– Porque ser professor é bem mais legal. Acho que não é um trabalho tão duro quanto dirigir um caminhão por estradas compridas e esburacadas.

– São Paulo é longe? – ele quis saber.

– Para quem está no Rio, não é tanto.

– Então um dia eu vou até lá conhecer meu pai.

– A cidade é muito grande, mas talvez você o encontre.

– E você, Alexandre, mora onde?

– Em São Paulo. Mas não sou seu pai.

– Você já disse – ele falou.

– Sim, mas não custa repetir.

. . .

– Eu queria que fosse – ele disse, retomando a conversa, quando eu já manobrava o caminhão no estacionamento da Rodoviária Novo Rio.

– Queria que fosse o quê? – perguntei.

– Que você fosse meu pai.

– Que é isso, Lito! Você vai encontrar seu pai. Agora tem internet para auxiliar nas buscas.

– Você usa a internet?!

– Sou um caminhoneiro moderno, Lito. Vivo nas estradas do Brasil, mas conectado com o mundo. As novas tecnologias e as modernidades da vida surgem para serem usadas. E, se usamos com sabedoria, nos ajudam muito.

– Massa!

– Todos os dias eu ouço ou leio histórias de gente que encontrou parentes que procurava há não sei quanto tempo.

– É?

– Quando eu puder, vou ajudar você nesse trabalho. Se seu pai estiver vivo, e esperamos que esteja, nós vamos encontrá-lo onde quer que ele se esconda.

Os olhos do menino brilharam intensamente.

– Puxa! Valeu mesmo.

– Chegamos ao Rio de Janeiro, está vendo? Aqui é o estacionamento da estação rodoviária, onde combinamos de encontrar sua tia.

– Ela não apareceu – disse ele. – Que pena! Agora você vai ter que ficar comigo, Alexandre.

Eu sorri da esperteza.

– Já, já ela chega – falei.

E mal fechei a boca, uma mulher se aproximou.

– Bom dia. Seu Alexandre?!

– Eu mesmo.

– Sou Josélia, a tia de Joselito.

– Ah, sim. Muito prazer. Aqui está ele, são e salvo.

– Oi, meu menino, como vai? Estava preocupada com você nessa estrada sozinho – ela o cumprimentou com um sorriso franco.

– Oi, tia. Não estava sozinho, vim com meu amigo – ele respondeu ao cumprimento, sem demonstrar grande contentamento.

– Que bom, então – disse ela.

Depois que descemos da boleia do caminhão e entreguei os pertences do menino à tia, senti um aperto inexplicável no coração.

Culpa? Remorso?

Ainda bem que Joselito quebrou logo a tensão:

– Posso ficar com seu telefone?

– Claro, Lito. Vou deixar o número com você.

Peguei a caneta no bolso e anotei em um dos pedaços de papel que sempre carregava na carteira.

Entreguei o papel com o número anotado, ele dobrou com muito cuidado e guardou no bolso de trás da calça.

Percebi que estava triste.

– Ainda vamos nos encontrar, amigo – eu disse, forçando um sorriso.

– Legal – ele falou.

E sorriu também.

– Agora, dá aqui um abraço.

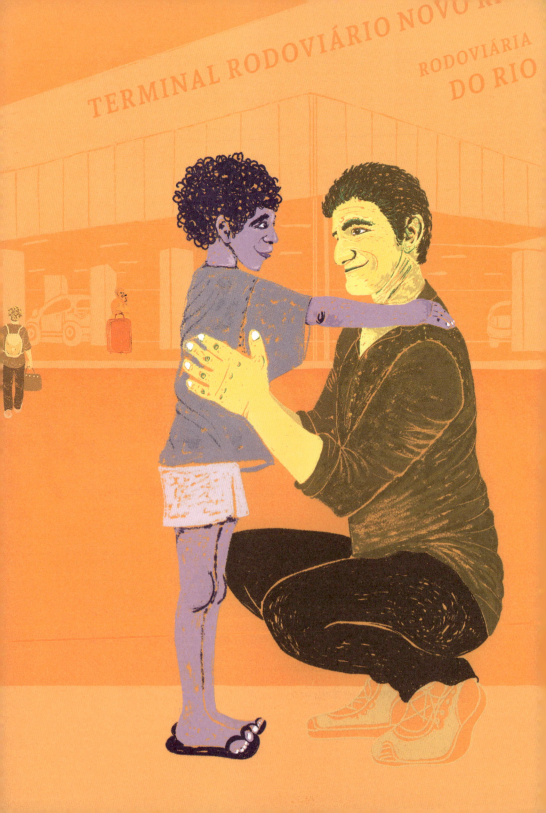

Trocamos um abraço apertado no estacionamento da rodoviária, ele deu a mão à tia Josélia e se dirigiram ao terminal de ônibus.

Voltei à cabine. Enfiei a chave na ignição e fiquei um tempo ouvindo o barulho do motor do caminhão, sem coragem de engatar a primeira marcha.

...

Na manhã do dia seguinte, cheguei ao destino final. A imensidão e a poluição de São Paulo me acompanharam enquanto atravessava a cidade em direção ao terminal onde a carga de feijão de Irecê seria entregue.

Enquanto o caminhão era descarregado, fui à procura de um café bem quente. Aproveitei para fazer o que estava no pensamento havia algumas horas: saber notícias de Joselito.

Liguei para o celular da tia. Ela me atendeu prontamente e disse que meu pequeno amigo ainda estava na cama, porque fora dormir muito tarde na noite anterior. Certamente estaria muito cansado da viagem. Ela contou também que ele se mostrara extremamente animado com a experiência de ter saído da Bahia e chegado ao Rio em um caminhão logo na primeira vez que deixara a pequena cidade de Milagres.

Segundo ela, Lito falava sem parar da boleia do caminhão, de mim, das paradas nos postos da estrada, da saudade que já sentia da avó e do sonho de um dia se tornar caminhoneiro, como eu.

– Acho que o senhor despertou uma vocação profissional em meu sobrinho – disse dona Josélia, rindo do outro lado da linha.

– Mas garanto à senhora que não o incentivei – eu disse. – Falei para ele que o importante, agora, na idade dele, é pensar nos estudos, recuperar o tempo que desperdiçou correndo atrás de passarinho.

– O senhor tem razão. E o que ele disse?

– Prometeu que vai frequentar a escola, se tiver oportunidade, e que até sonha um dia ser professor. Imagine...

– Sim. Ele repetiu isso aqui também.

– Apesar de eu achar muito difícil alguém conseguir exercer essas duas profissões, caminhoneiro e professor, pelo menos ao mesmo tempo.

Rimos do comentário.

– Não deixe de colocá-lo na escola, dona Josélia. Lito é um menino inteligente e curioso. Precisa de estímulo para a curiosidade se ampliar, se tornar conhecimento.

– Pode deixar, seu Alexandre. Já combinamos que no começo da semana vamos procurar uma escola aqui no bairro, perto de casa. Meu sobrinho não vai ficar sem estudo. Vou ser como mãe. Afinal, ele é filho da única irmã que tive.

– Que bom!

– O senhor gosta dele, não é?

– Sim, dona Josélia. Nosso contato foi curto, mas suficiente para nos tornarmos amigos. Conversamos bastante durante a viagem. Descobrimos pontos em comum, que geralmente aproximam as pessoas, mesmo de idades tão diferentes.

– Eu sei.

– Tive uma infância tão dura e difícil quanto a dele. Tenho um filho que deve estar na faixa de idade dele e não sei por onde anda. E Joselito não sabe onde foi parar o pai.

– Ele também se apegou muito ao senhor. As crianças, em geral, pedem pouco. Basta tratá-las com honestidade, carinho, respeito e delicadeza que logo se afeiçoam.

– Isso é verdade. E vale para todas as crianças.

– Ele disse mais de uma vez que uma hora dessas gostaria de falar com o senhor. Eu disse que meu telefone está à disposição, que ele pode usar na hora que bem desejar.

— Que bom! Deixe que ligue sempre que quiser. Pode ser a cobrar.

Quando nos despedimos, senti profunda alegria por saber notícias de Lito, do jeito que ficamos ao saber como estão os parentes mais queridos, os filhos, os verdadeiros amigos.

. . .

No começo da semana seguinte, já estava com nova carga arrumada na carroceria. Quando me preparava para encarar a Rodovia Régis Bittencourt, com destino a Curitiba, meu telefone tocou.

— Adivinha quem está falando!

Claro que logo reconheci aquela voz fina e esganiçada.

— Lito! Como vai? Que bom falar com você.

— Vou bem, Alexandre. E você? Já está na estrada de novo?

— Acabei de carregar o caminhão. Vou pegar a estrada daqui a pouco, com destino ao Paraná. E você, já está na escola?

— Estou matriculado e começo amanhã. Tia Josélia até já comprou livros, lápis, caneta e cadernos.

— Que boa notícia, meu amigo. Diga a ela que, se precisar de alguma ajuda para o material escolar, pode contar comigo.

— Digo sim. Obrigado!

— Você vai gostar muito de frequentar as aulas. É inteligente e logo se sentirá arrebatado pelo poder do conhecimento.

– Vou sim. Você gostava de estudar quando era menino?

– Muito! Gosto até hoje. Estou sempre querendo aprender um pouco mais de tudo, Lito. Infelizmente, não pude continuar na escola por muito tempo. Logo meu pai morreu e tive que trabalhar o dia inteiro para ajudar minha mãe e meus irmãos. Mas eu sei que você irá em frente. Vai estudar até virar professor. E, quem sabe, ir além, mestrado, doutorado...

– Professor e caminhoneiro.

– Isso! Professor nas salas de aula e caminhoneiro nas estradas.

Rimos juntos.

– Posso fazer um pedido?

– Claro, Lito, pode pedir o que quiser.

– Quando você for pros lados da Bahia e passar por Milagres, pare naquele ponto onde minha avó fica e veja como ela está.

– Pode deixar, amigo. Até o fim do mês vou buscar feijão em Irecê. Na volta, tomo um refresco de umbu e dou notícias suas à vovó.

– Valeu, obrigado.

– Você sente falta dela, não é?

– Sinto.

– Quando chegarem as férias, e eu for para o Nordeste, levo você para visitar sua avó. Deixo você na ida e pego na volta. Que tal?

– Puxa! Sensacional. Promete?

– Prometido e marcado.

– Vou andar de novo na sua boleia. Que bom! E, quando você ficar velho, vai me vender o caminhão. Tá lembrado?

– Sim, claro. Não vou me esquecer do nosso trato.

Despedi-me de Lito, fiz minhas orações e liguei o motor, pronto para encarar os pouco mais de quatrocentos quilômetros da São Paulo-Paraná.

...

Por conhecer a fama – ou má fama – de certas regiões da cidade do Rio de Janeiro, aproveitei algumas horas de folga entre um carreto e outro para fazer uma pesquisa sobre o local onde morava dona Josélia e agora também meu amiguinho baiano, Joselito.

E não gostei muito da maioria dos relatos que encontrei. Tratava-se de um bairro encravado em meio a um complexo de comunidades polêmicas, algumas com histórico de violência, dessas onde os moradores são obrigados a viver em sobressaltos. Trabalhadores são espremidos entre as dificuldades com transporte, abastecimento e infraestrutura e o domínio desleal de grupos de traficantes ou milicianos.

Por esse motivo, fiquei preocupado com a ausência de notícias – já que Lito estava autorizado a me telefonar a cobrar sempre que quisesse – e tratei de ligar no fim da noite para a tia do menino.

Se meu amigo estivesse acordado, falaria com ele também, para saber como havia sido o primeiro dia de aula.

A ligação comprovou que minhas preocupações não eram infundadas.

...

Dona Josélia atendeu e logo começou a chorar. Muito angustiada e aflita, por algo inesperado e talvez ruim que acontecera, mal conseguia continuar a conversa. Pedi calma, que tentasse falar pausadamente.

Ela explicou, então, que Joselito saíra de casa logo após o almoço para o primeiro dia na escola. E que, para sua agonia e preocupação, até aquela hora da noite não retornara para casa. Contou que, depois de esperar algumas horas, fora até a escola, que não ficava longe de sua casa, e lá descobriu que o novo aluno não aparecera em sala de aula.

– Depois de falar com a escola, que providências a senhora tomou, dona Josélia? – perguntei, fazendo esforço para demonstrar serenidade e não deixar transparecer o quanto também estava nervoso e aflito.

– Ah, seu Alexandre, fui aos hospitais dos bairros próximos, a algumas delegacias e até ao Instituto Médico Legal. E nada.

– Nenhuma informação, dona Josélia?

– Nenhuma, meu amigo. Meu Deus, onde estará Joselito a uma hora dessas da noite?

Recomendei que continuasse as buscas, telefonasse também para redações de jornais e emissoras de rádio. Resolvi desmarcar o frete com o qual estava comprometido para o dia seguinte e na primeira hora da manhã seguir para o Rio, a fim de ajudá-la na tarefa.

– Não faça isso, seu Alexandre. Não prejudique seu trabalho, prometo que vou resolver as coisas por aqui. Tudo vai dar certo e logo Lito voltará para casa.

– Quando o sol acordar, já vai encontrar eu e meu caminhão na Rodovia Presidente Dutra, dona Josélia. Por volta do meio-dia estarei no Rio de Janeiro para ajudar nas buscas.

– O senhor é um homem muito bom.

– Lito é meu amigo. E pelos amigos devemos fazer o que estiver ao nosso alcance – disse, antes de dar boa-noite e desejar boa sorte.

FALA AÍ, COMUNIDADE!!!

Organização não governamental (ONG) que atua no impacto social

Você me viu?

Joselito, de 13 anos, saiu para ir à escola e não chegou ao destino!

Joselito não pegou ônibus nem qualquer outro meio de transporte para ir à escola, pois ela ficava no mesmo bairro, a apenas cinco ou seis quarteirões de casa. Tia Josélia lhe ensinara muito bem o caminho. Fora até lá com ele e voltara algumas vezes, para que o menino aprendesse direitinho o trajeto.

Esperto como era, Lito não se perderia em uma caminhada tão curta. E realmente não se perdeu.

O que aconteceu em seu primeiro dia de aula, que o impediu de chegar até a escola, foi uma fatalidade.

Quase na esquina do colégio, a poucos metros de seu destino, Lito viu um homem, em situação de rua, sentado no meio-fio, barba e cabelo desgrenhados, trajando roupas esfarrapadas. Ao lado, caixotes com garrafas, panelas, pratos e copos, além de algumas peças de roupas e tênis usados. O homem morava ali mesmo, na calçada, numa espécie de barraco colado no muro, improvisado com ripas e papelão.

– Ei, menino, por favor, me dê uma ajuda – pediu o homem.

– Me desculpa, mas eu não tenho um tostão no bolso – disse Lito, imaginando tratar-se de um pedido de esmola.

– Não estou querendo seu dinheiro, filho. O que preciso, e muito, é de um favorzinho seu.

– Ah, sim, pois não, desculpe, meu senhor – disse Lito, envergonhado do julgamento precipitado que fizera.

Ele acabara de descobrir que nem todo mundo que vive nas ruas é mendigo ou pedinte.

O homem, então, explicou:

– No final dessa rua, um quarteirão depois da escola, tem uma farmácia. Se eu lhe der o dinheiro, você faz a caridade de ir até lá buscar um remédio para mim? Eu mesmo costumo fazer isso, mas hoje estou com uma dor forte na perna, não consigo caminhar.

– Sabe o que é, peço que não se aborreça, mas estou indo para a escola... É o meu primeiro dia!

– Estou vendo, meu jovem. Mas é rapidinho, logo, logo você estará de volta. Prometo que não perderá sua aula, dá tempo!

– Será?

– Sim. Eu garanto. A farmácia é logo ali.

– Bem, nesse caso...

– Tenho que tomar esse remédio todos os dias, para não passar mal, e ele acabou.

Lito sentiu pena do homem.

– Acho que vai dar tempo. Busco o seu remédio!

– Deus lhe pague, filho – o homem agradeceu, entregando a ele uma receita com a indicação do medicamento e o dinheiro necessário para a compra.

– Vou num pé e volto noutro! – disse o menino.

E lá foi Joselito, que passou quase correndo em frente ao prédio da escola municipal. Vendo-o com a camiseta da instituição, o funcionário que ficava no portão recebendo a meninada o chamou:

– Ei, garoto! É o seu primeiro dia? Está indo para onde?

A entrada da escola é aqui mesmo, calouro.

— Eu sei — respondeu ele. — É que antes de entrar vou dar um pulinho ali na farmácia. Um moço que está doente me pediu para comprar um remédio. Mas eu chego a tempo!

— Vê lá, hein, rapaz?! Tenho que fechar o portão na hora certa, daqui a vinte minutinhos.

— Pode deixar — disse o menino. — Ando mais ligeiro do que o coelhinho que minha avó criava lá na roça.

Ele sorriu.

O moço do portão sorriu também.

E Joselito apressou o passo.

...

Mal entrou na farmácia e estendeu a receita para o funcionário que ficava atrás do balcão, ele ouviu o grito:

— Isto é um assalto!

Em segundos entendeu o que acontecia, pois, ao olhar para o balcão, viu que o moço estava branco feito leite de vaca. A voz ameaçadora continuou:

– Todo mundo bem quietinho aí, para ninguém se machucar.

Viu que os funcionários da farmácia, todos eles, levantaram as mãos. E tratou de fazer o mesmo.

– Cabeça baixa! Cabeça baixa! Quem olhar para mim leva chumbo! – repetia a voz alterada atrás dele.

"Ainda bem que estou de costas. Assim não vejo mesmo", pensou o menino.

– Onde fica o caixa? – o ladrão perguntou.

– Fica aqui – respondeu a mocinha que estava atrás da grande máquina registradora.

"Agora tudo se resolve. Ele pega o dinheiro e vai embora", Lito pensou. Mas não foi exatamente o que aconteceu.

– Deixa o caixa aberto e corre todo mundo para o banheiro! Inclusive o cliente.

"Danou-se", pensou ele, dando uma olhada discreta em volta e vendo que era o único cliente na farmácia.

O assaltante continuava dando as ordens:

– Antes, você fecha a porta da loja, para não entrar mais ninguém aqui! – gritou, apontando para um funcionário, que era gerente.

– Não posso ir pro banheiro! – Lito reagiu.

– Não pode por quê, moleque? – o assaltante quis saber.

– Eu tenho que levar o remédio do moço que está doente. E o portão da escola já está quase fechando – explicou, com a cabeça baixa, mas invadido por uma coragem que nem sabia que tinha.

– Ora, deixe de conversa – reagiu o grosseirão, empurrando o garoto para o banheiro junto com os demais.

"Agora, danou-se mesmo", Lito concluiu em seus pensamentos.

Após colocar o menino e os quatro funcionários amontoados lá dentro, o homem pegou a chave e trancou o banheiro por fora. Em seguida, "limpou" o caixa e desapareceu.

Depois de esperar uns minutos para ver se ouvia algum barulho no interior da farmácia, o silêncio se fez por completo, e um dos funcionários começou a esmurrar a porta do banheiro. Lito quis saber o motivo daquela reação. O funcionário explicou que era para o caso de entrar algum freguês que poderia ouvi-lo, para pedir ajuda e arrombar a porta.

Mas farmácia de comunidade, em rua pequena e escondida, tem pouco movimento. Por isso, ficaram ainda bastante tempo lá dentro, sofrendo com o calor e a superlotação, até ouvirem o barulhinho da chave dançando na fechadura. Alguém então abriu a porta do banheiro, e eles viram que esse alguém era o morador de rua para quem Lito viera buscar o remédio.

– O senhor?! – perguntou.

– Sim. Estranhei sua demora e resolvi vir até aqui ver o que estava acontecendo. Vim quase me arrastando, com muita dor na perna, mas vim.

– Graças a Deus que veio – disse a moça do caixa.

– Nosso salvador! – disseram todos.

– Aliás, eu nem me lembrei de perguntar seu nome – disse Lito.

– É Lourival – disse o homem.

– Como o senhor encontrou a chave? – a moça quis saber.

– Estava bem ali, em cima do balcão.

– Que bom que o assaltante não a levou com ele!

– É uma longa história, Lourival, que vou lhe contar todinha outro dia. Importante agora é o senhor pegar seu remédio – disse Lito.

O dinheiro ainda estava no bolso do menino, e a receita na mão do farmacêutico. Entregaram o remédio a Lourival, que mais uma vez agradeceu a Lito e recebeu o obrigado de todos.

O homem já se preparava para retornar ao seu canto no muro quando a viatura da polícia encostou na calçada em frente à farmácia.

Os policiais disseram ter recebido, de algum vizinho, a denúncia de que ali estava ocorrendo um assalto. O gerente da farmácia confirmou, e os agentes informaram que deveriam fechar a loja, pois iriam todos para a delegacia fazer o registro da ocorrência e prestar depoimento.

– Todos?!

– Todos! Inclusive o menor.

"Danou-se de novo", Lito pensou outra vez.

Depois de argumentarem e pedirem bastante, os policiais concordaram em não levar Lourival até a delegacia. Entenderam que ele não suportaria ficar horas esperando para prestar depoimento, mesmo se conseguisse um banco de madeira para se sentar, uma vez que estava com muitas dores na perna e precisava tomar logo o remédio.

...

Na Delegacia de Roubos e Furtos foi outra novela. Não tão emocionante quanto o episódio vivido na farmácia, mas também cheia de lances dramáticos.

Depois de ficar horas à espera do delegado, ficaram outras tantas se revezando nos depoimentos: como foi, como não foi, como era o assaltante, o que ele fez, o que disse, quanto dinheiro levou do caixa...

Mais tarde (tarde mesmo, pois já era noite), chegou um policial com a informação de que haviam prendido um "elemento suspeito" nas imediações da farmácia. E que todas as testemunhas

– inclusive o menor, voltaram a frisar – deveriam aguardar mais um pouco para fazer o "reconhecimento do marginal".

Esperaram, esperaram, esperaram, até que os policiais chegaram com o "elemento suspeito". Elemento que não foi reconhecido por ninguém, pois durante o assalto foram obrigados a manter a cabeça baixa e não haviam visto o assaltante em momento algum.

O policial que entrou na sala com o detido fez muxoxo, cara feia, tsc-tsc, mas foi obrigado a aceitar a situação e ficar sem saber se o suspeito continuava sendo suspeito ou não.

Passava da meia-noite e Lito já abria a boca de sono quando o delegado deu investigações, depoimentos, buscas, averiguações e reconhecimentos por encerrados. Disse que estavam todos liberados, que tratassem de ir embora o mais rápido possível, pois ele também já não aguentava mais.

Deu boa-noite a todos e pediu a um policial que, antes de fechar as portas da delegacia, usasse a viatura para levar o menor até sua casa.

...

Dona Josélia não entendeu bem o que acontecia quando viu, no meio da madrugada, o sobrinho desembarcar de um carro da polícia, acompanhado de um homem fardado.

Entendeu menos ainda quando Lito começou a contar a epopeia que teve início quando se dispôs a socorrer um tal de Lourival que sentia muitas dores na perna e terminou em uma delegacia. O dia já clareava quando, depois de ouvir toda a fascinante e movimentada aventura, ela se lembrou de telefonar para Alexandre e dizer que não se preocupasse, pois o amigo dele estava em casa, são e salvo.

Como resposta, ouviu do caminhoneiro que ele já estava na estrada, a caminho. E que só ia parar quando chegasse à sua porta, pois queria muito dar um abraço em Joselito e ouvir "a grande aventura do menino de Milagres na cidade grande". Propôs que fossem descansar um pouco, pois na hora do almoço estaria com eles.

Joselito e a tia seguiram o conselho e, quando se levantaram, estavam dispostos a esquecer o contratempo e tocar a vida. Ele foi arrumar mais uma vez seu material de escola, pois não via a hora de finalmente começar a estudar; ela começou a preparar o almoço para receber o grande amigo do sobrinho, que agora era seu amigo também e devia estar chegando.

ENCONTRADO

Você me viu?

Joselito, de 13 anos, saiu para ir à escola e não chegou ao destino!

Ações sociais ajudam na segurança da população, especialmente das crianças em nossas comunidades, mas é preciso cobrar o poder público para que esse tipo de situação não aconteça mais!

ALÉM DE CURTIR, VOCÊ PODE COMPARTILHAR >>>

Nosso encontro foi uma alegria só, como era de se esperar. Almoçamos com refrigerante e comemos bolo de laranja na sobremesa. Lito me contou toda a história que contara à tia. Depois foi se preparar, finalmente, para o primeiro dia de aula; enquanto isso, Josélia e eu ficamos na sala, tomando cafezinho e conversando.

Na despedida, o menino pediu para matar as saudades da boleia do caminhão. Ficou sentado no banco do motorista, fingindo que dirigia, enquanto eu ocupava o banco do carona.

– Não contei antes porque queria lhe fazer uma surpresa, Lito. Mas sua tia conseguiu para mim o nome completo do seu pai. Estou há vários dias pesquisando na internet, em diversos *sites* especializados, o paradeiro dele.

– E aí, Alexandre? Conseguiu alguma coisa?

– Nada, meu amigo. Até agora, nada.

– E do seu filho, conseguiu descobrir onde a mãe dele está?

– Também não. Nem uma pista.

– É, estamos no mesmo barco.

– Isso mesmo, Lito. Quer dizer, no mesmo caminhão!

– Posso fazer uma pergunta?

– Claro, meu amiguinho. Pergunte o que quiser.

– Você e minha tia estão namorando?

– Não. De onde você tirou essa ideia?

– Da ideia de que vocês dois são solteiros e estão sozinhos.

– Dona Josélia e eu somos apenas bons amigos. Homem e mulher, mulher e homem, também podem ser amigos, sabia?

– Sabia. Adulto e criança, criança e adulto, também podem.

– Mas, pensando bem, essa não seria uma má ideia. Sua tia é muito interessante – sorri timidamente.

Lito sorriu também:

– Eu faria muito gosto que você fosse da minha família.

– Eu sei. E eu também.

Passei a mão na cabeça do amigo, fazendo um carinho em seus cabelos.

– Bem, meu amiguinho, a conversa está muito boa, mas preciso ir. Tem uma carga de eletrodomésticos para levar até Minas Gerais me esperando em São Paulo. E se prepare, porque, quando as férias chegarem, eu vou à Bahia, buscar feijão em Irecê. E você vai comigo, para visitar sua vovó.

— Ótima notícia! Também preciso me apressar, pois a escola está me esperando.

— Vai começar a estudar, hein?!

— Finalmente!

— Isso aí. Boa aula.

— Obrigado. Boa viagem, amigão. E cuide bem do caminhão, que ele vai ser meu um dia. Valeu?

— Valeu. Não vou esquecer. Está prometido.

Depois de trocar um abraço carinhoso, o garoto desceu da boleia e Josélia acenou para nós dois, da porta. Sorri e liguei o motor. Outras estradas, outros sonhos e outras realidades virão. Quantos meninos e meninas ainda cruzarão meu caminho? Joselito teve um final feliz; mas e os outros?

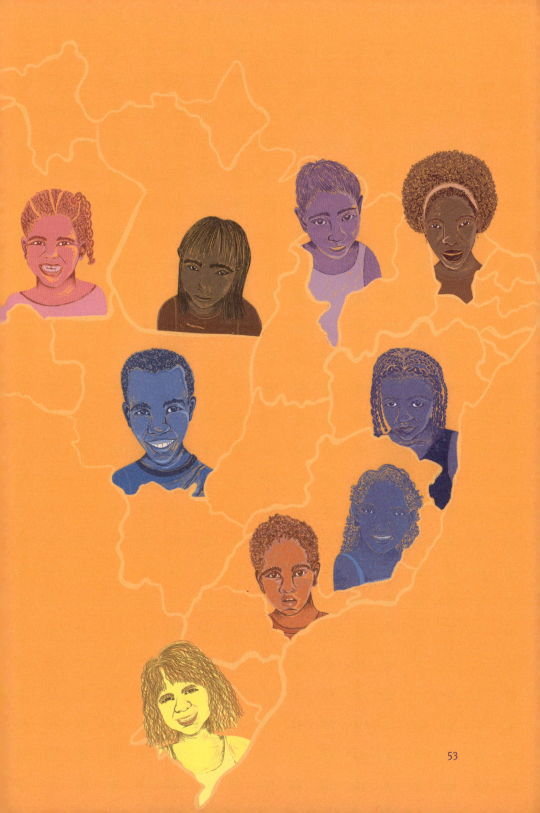

Luís Pimentel tem livros publicados para pequenos, jovens e adultos, em variados gêneros, por diversas editoras. Pela Editora do Brasil, lançou os infantojuvenis *Bicho solto* (poesia, 1992) e *Vida que segue* (prosa, 2020). Cruzou várias vezes a rodovia entre o sertão baiano, onde nasceu, e o Rio de Janeiro, onde mora. Ali conheceu meninos e meninas, alguns acompanhados de adultos e outros sozinhos, debatendo-se contra a realidade e sonhando com outras estradas para suas vidas.

Patrícia Melo é designer editorial e ilustradora, e atua nessa área desde 1996. Além dos livros que assina como ilustradora ou designer gráfica, diversos projetos em diferentes editoras foram criados por seu estúdio, o Varal Editorial. Nasceu e vive no subúrbio do Rio de Janeiro, em Marechal Hermes, onde adora ver as pipas coloridas no céu, crianças brincando nas ruas e as cadeiras de praia que a vizinhança coloca na frente de casa pra conversar.

Este livro foi composto com as famílias
tipográficas Andada Pro e Ubuntu,
para a Editora do Brasil, em 2023.